お品書き

深夜0時

第1夜◎赤いウインナー

営業時間は夜12時から朝7時頃まで。人は「深夜食堂」って言ってるよ。客が来るかって？
めし
NG
それがけっこう来るんだよ。
め

メニューはこれだけ。
豚汁定食 六百円
ビール(大) 六百円
酒(二合) 五百円
焼酎(一杯) 四百円
酒類はお一人様三本(三杯)まで
あとは勝手に注文してくれりゃあ、
できるもんなら作るよ、
ってぇのがオレの営業方針さ。
甘い玉子焼き一丁。
おいしそ。

ガラッ
いつもの。
竜ちゃんはこの辺じゃあいい顔のニイさんだ。
よっ、久しぶり。
もっとも第一印象は最悪だったけどね。

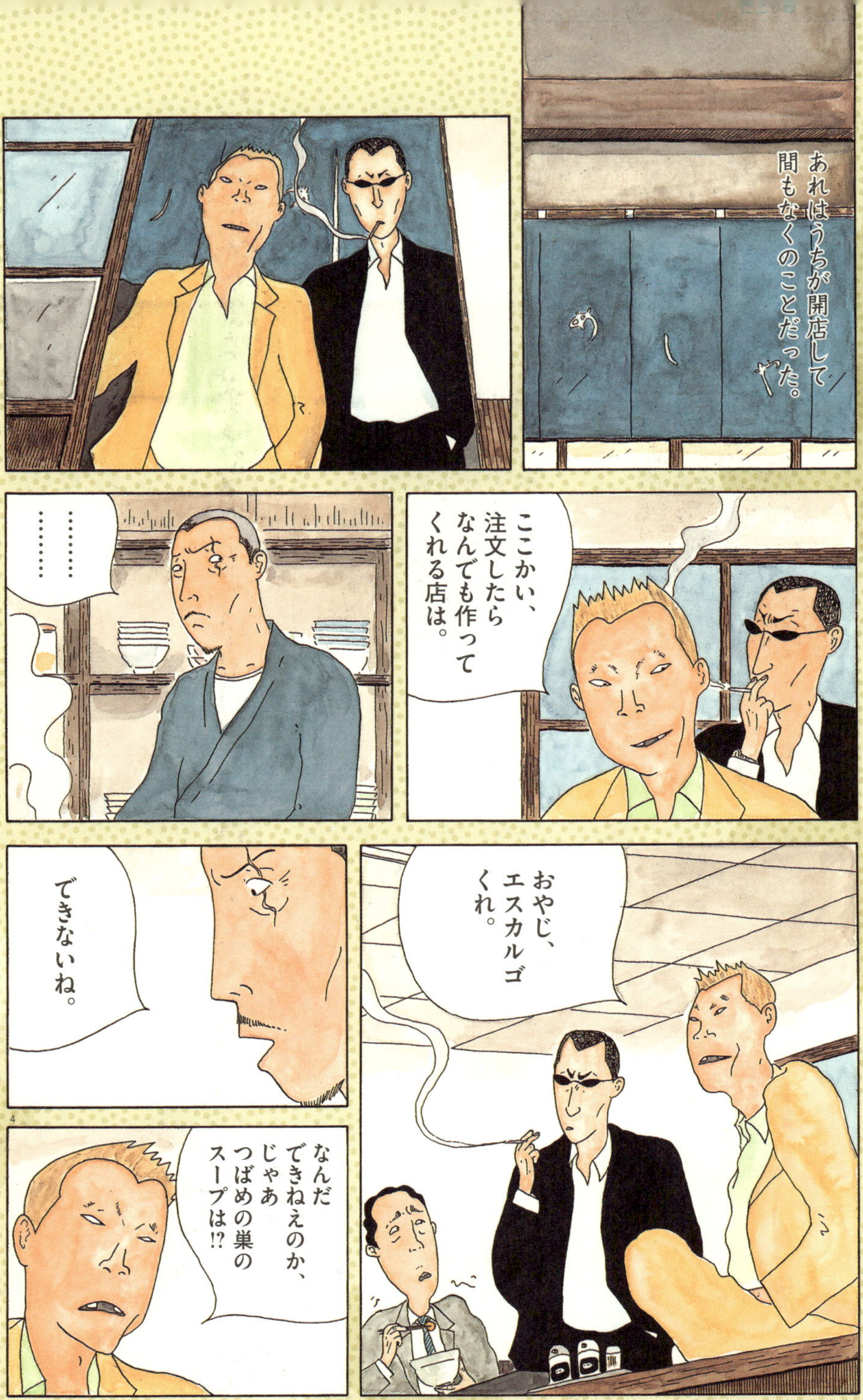
あれはうちが開店して間もなくのことだった。
ここかい、注文したらなんでも作ってくれる店は。
…………
おやじ、エスカルゴくれ。
できないね。
なんだできねえのか、じゃあつばめの巣のスープは!?

そんな高級なもん置いてないね。
ザケンナヨ!
なんもできねぇじゃねぇか!!
言っとくがオレは、こういう連中が死ぬほど嫌いだ。
そのときだった。
ウインナーあるかい? 赤いウインナーだ。
あるよ。タコの形で炒めてやろうか。
!
5

プチ
釣りはいらないよ。
……以来うちの常連さ。
ウインナー炒め大盛り！

まぁ、おいしそう……
と、思わず声を出したのはこの道48年、二丁目でゲイバーやってる小寿々さんだった。
……よかったらひとつどう？
えっ！いいの!? いただきまーす。
懐かしい味ね。
どう？
おニイさん、もらってばかりじゃ悪いから、あたしの玉子焼きどう？
悪いな。
どういたしまして。

それから店で会うと、二人はよく取り替えっこしてたっけ。
たまに竜ちゃんがウインナー注文して小寿々さんが来るの待ってたこともあるし、
その逆もあった。
小寿々さん、ウインナー炒めようか?
いいわよ、竜ちゃんのもらって食べるからおいしいんじゃない。

8

竜ちゃんも
同じ（おんな）こと
言ってたよ。
そう？
ふふふ…
ピーポー
またか、
今日は
にぎやかだな。
竜ちゃん
来ないかしら。
暴力団今城会系
鬼島組事務所で
発砲事件があり…
幹部の
剣崎竜組員ほか
３名が死傷しました。

9

竜ちゃん!!
幸い竜ちゃん、命に別状はなかったけど、かなりの重傷で長いこと入院してた。
総合病院
それで小寿々（こすず）さんに頼まれて、差し入れの弁当作ったんだ。
どう？ひとつ。
やっぱ赤いウインナーと玉子焼きは、弁当の二大スターだよな。
いいわよ。

10

第2夜◎きのうのカレー

出来たてのカレーより
ひと晩おいたカレーの方が
好きだってヤツはけっこういる。
オレもまぁ、その口だけどね。

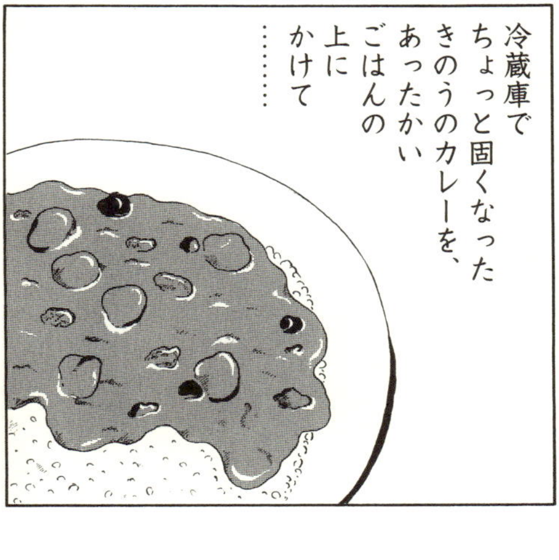

冷蔵庫で
ちょっと固くなった
きのうのカレーを、
あったかい
ごはんの
上に
かけて
………

とろかしながら
食べるんだ。

めし
あれっ、なに食べてんの？
きのうのカレー。
いいねぇ……
もしかして冷えたカレー？
冷蔵庫で一日寝かしたやつ。
それちょうだい！
オレも！

これ、これだよ！
カレー屋にはないんだよな、コレ。
なに食ってんの？
きのうのカレー。
大盛りひとつ。
カレーってスゴイと思うよ。人が食ってるの見ると、なんか食いたくなるもんなぁ…
あたしも！
悪い、売り切れだ。

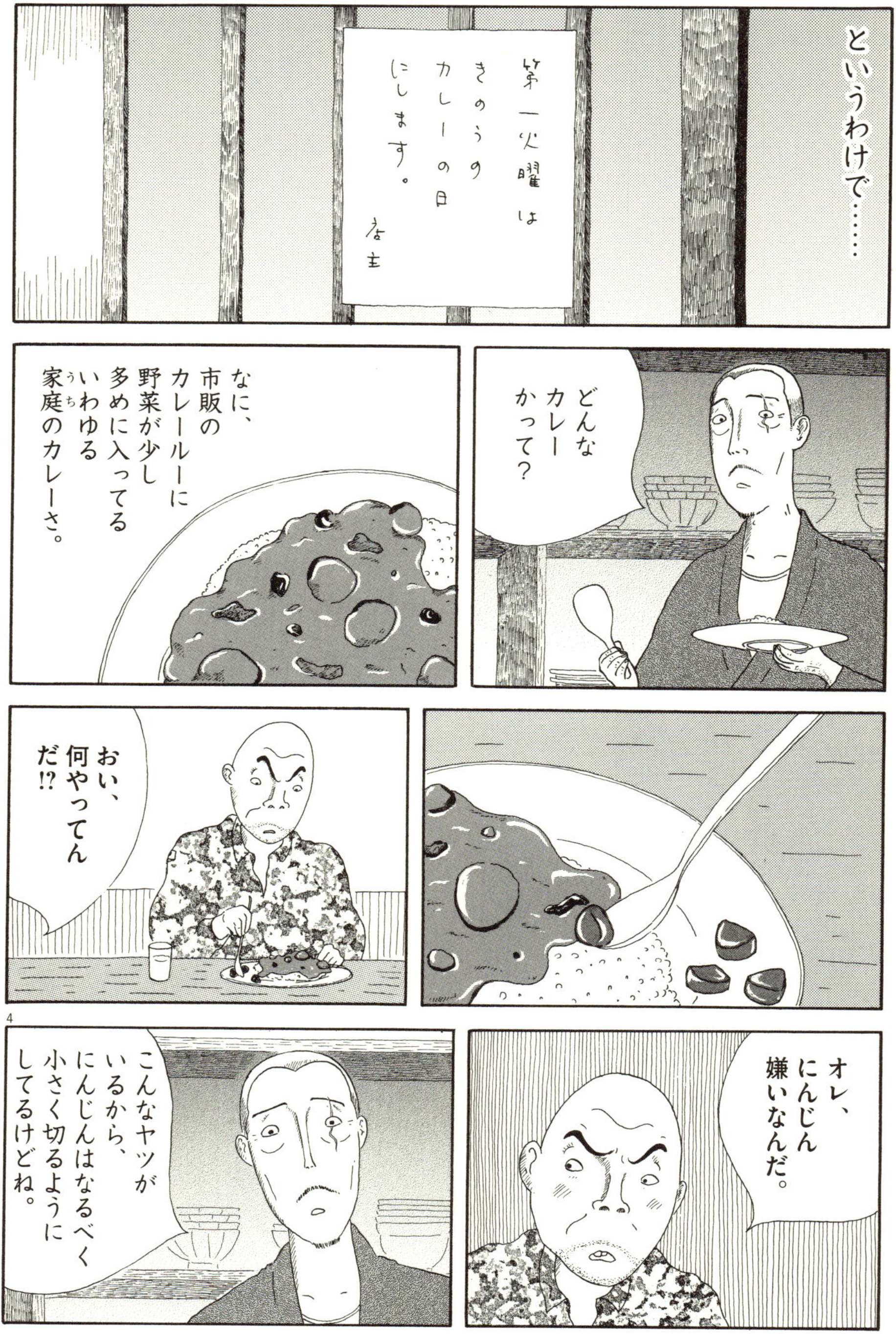

というわけで……
第一火曜は
きのうのカレーの日
にします。
店主
どんなカレーかって？
なに、市販のカレールーに野菜が少し多めに入ってるいわゆる家庭(うち)のカレーさ。
おい、何やってんだ!?
オレ、にんじん嫌いなんだ。
こんなヤツがいるから、にんじんはなるべく小さく切るようにしてるけどね。

きのうのカレーってどんなの？
ひと晩おいた冷えたカレーさ。
エリカ大好き！それくださーい。
これやば——い。
おかわり!!

しかし、あの娘があんなに食うとは思わなかったね。
おかわり！
本日は きのうのカレーの日です。
!?
しあわせ！
おじさんもう一杯いい？
いいに決まってるだろ……
……………
パクパク
モグモグ
わぁ…

ヨッ！
きのうのカレー
食べに来たよ。
ごめん。
たった今
売り切れた…
なんだ、
楽しみに
してたのに…
ごめんなさーい。
エリカが
何杯も
おかわりした
から……
!?
ジンさんが来るの
わかってたけど、
この娘の食いっぷり
見てたら
止められなくて
さぁ……
へぇ…
それが
キッカケだった。

きのうのカレーの日には
よく二人並んで
仲よく食べてたよ。
おかわり!!
待ってました！
それがこの頃、
二人とも
ちっとも
来ないんだ。
Bar
ガスライト
VIP
September
スナック
雨
酒亭
ゆき
本日は
きのうのカレーの日
です。
ガラッ

ジンさんったら
エリカに隠れて
前の奥さんと
メールしてたの…
はぁ？
ジンさんは61歳
エリカちゃん21歳。
年の差40の
二人は、
ふた月前から
同棲してたって
言うんだ。
最初は
ここの帰りに
お酒呑んでね…
ジンさん、
一緒に
いたいの！
REST ¥3,900~
STAY ¥7,200~
HOTEL
シャル
で、
どうしたん
だい？
あ〜ん…
おかわり
ちょうだい！

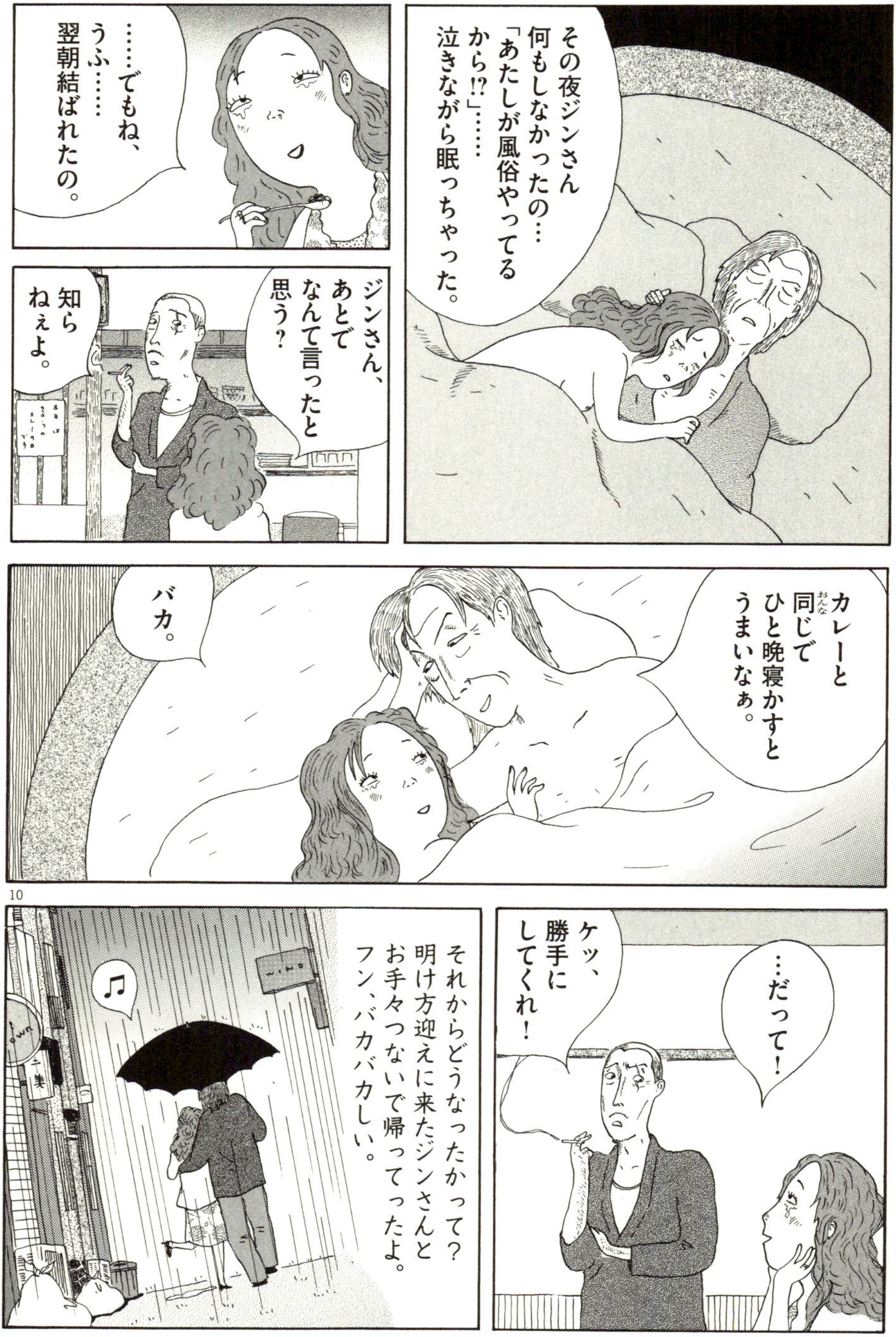
その夜ジンさん
何もしなかったの…
「あたしが風俗やってるから!?」……
泣きながら眠っちゃった。
……でもね、うふ……
翌朝結ばれたの。
ジンさん、あとでなんて言ったと思う？
知らねぇよ。
カレーと同じでひと晩寝かすとうまいなぁ。
バカ。
…だって！
ケッ、勝手にしてくれ！
それからどうなったかって？
明け方迎えに来たジンさんとお手々つないで帰ってったよ。
フン、バカバカしい。
♫

第3夜◎猫まんま

あの娘(コ)が来たのは
そろそろ店じまい
しようかと思ってた
朝6時半頃の
ことだった。
かつぶし
ある？
あるけど…
なんだい？
ボーン

あったかいごはんにのっけて、おしょうゆかけて食べたいんだけど。
その言い方がバカによかったんで、オレは妙にうれしくなっちまう。
猫まんまかい。ありゃあうまいなぁ。
酒（二合）五百円
焼酎（二杯）四百円
おじさんも好き？
ああ。
ねえさん、ちょっと時間あるかい？
いくらでも。お金はあんまし持ってないけど…
そうかい。どうせなら炊きたてのめしで食わしてやるよ。オレも食いたくなったから。
わぁ、ホント？

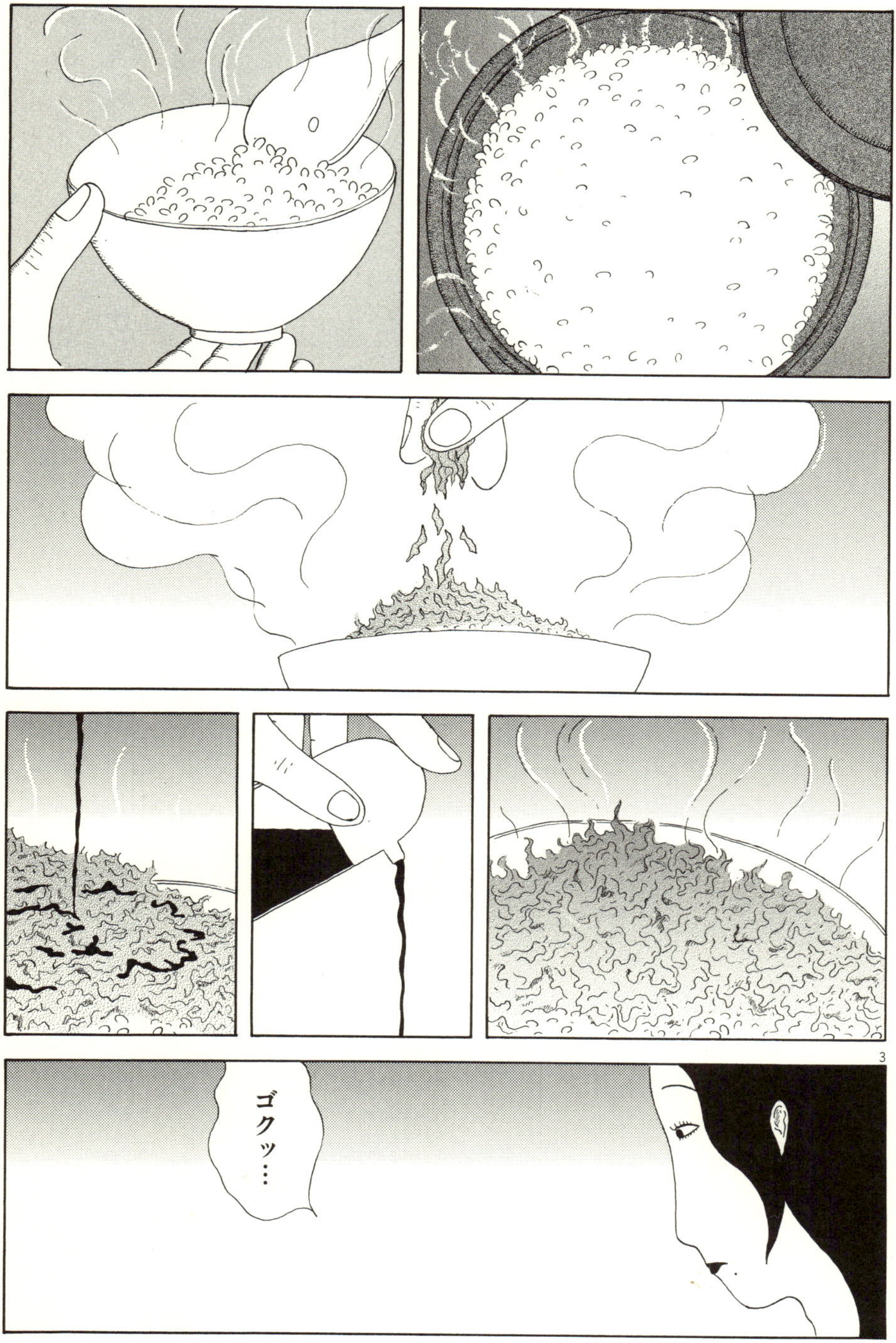

ゴクッ…

どうだい？
ニッ！
それからちょくちょく、
いつもの時間に……
ザーッ
また来ちゃった。

しかし
この時間まで
何やってんだい。
カラオケ
ボックス。
あたし
演歌歌手なの。
ただし、アタマに
「売れない」って
つくけどね。
仕事ないし、
でも歌いたいから
たまに一人で
一晩中歌うの
…他人の歌だけど。
ふーん
……
ポスターあったら
持っておいでよ。
店に貼ってやるよ。
CDも売って
やろうか？
ホント？

5

千鳥みゆき
人生行きあたりばったり
何これ？
よく来る猫まんま好きの娘さ。演歌歌手なんだ。CD買わない？
よく来るんだろ？だったら本物聴かせてよ。
聴いてよけりゃ買うよ。
そうだそうだ。
というリクエストに応えて…

本日3時より
☆演歌の新星☆
千鳥みゆき
コンサート
人生行きあたりばったり
入場無料
カチッ
行きあたり
ばったり
行きあたり
ばったりよ
子供の頃から
大人になっても
行きあたり
ばったりよ
7
行きあたり
ばったりよ
へんな歌だったけど、
やっぱプロだなぁ…
露路裏
みつけて
クネクネ
行くのが
とっても
好きなのよ
オレたちは
それなりに
感動したんだ。

コンサートのあと、みんなで猫まんま食ったけど…
うまかったなぁ、いつもより……
みゆきちゃん、この詞プレゼントするよ。
この人、作詞家の月森哲夫センセイ。
8
「まよい猫」………
キミの歌聴いてるうちにできたんだ。
センセイ、ありがとうございます。
ガンバレよ。
みゆきちゃんよかったなぁ。
恋を忘れたホステスのひざに抱かれて聞いているむかしの男の愚痴ばなし

夜の新宿
まよい猫
その曲がヒットチャートを上り始めた頃、あの娘は突然姿を消したんだ。
最後にあの娘が来たのは、亡くなるひと月ほど前のことだった。
かつぶしある？
…みゆきちゃん！
病院から抜け出して来たって言ってたけど…
あんなに好きだった「猫まんま」半分も食べられなかったよ……

………
「まよい猫」百万枚突破
故 千鳥みゆきさん
そういやあ今朝、不思議なことがあったよ。
ボーン
猫まんま出してやるとうまそうに食ってさ、「ニッ」と笑ったんだ。
おかえり。
あの娘(コ)みたいにね。

第4夜◎しょうゆとソース

営業時間は
夜中の12時から
朝の7時頃まで。
人は「深夜食堂」って
言ってるよ。
めしや
めし
アタシ、目玉焼きの黄身の底が一番好きなんスよ。
あっ、ボクも！
次は白身のハジのパリパリしたところ。
アタシもです。
気が合いますなぁ。

ま、おひとつ。
こりゃどうも。
二人はたちまち百年の知己となる。
ホイ、目玉焼き。
待ってました！
ところがだ——
しょうゆ
ソース
ソース!?
しょうゆ!?
しょうゆ
ソース

3

目玉焼きにキャベツはソースが常識でしょ。
キャベツにソースは認めるよ。しかし目玉焼きは絶対しょうゆだよ。
そういやぁ誰か言ってたな。昔、日活の食堂で石原裕次郎がね…
ハムエッグをライスの上にバサッとやって…
ソースをかけて…
フォークで食ったんだって。それがカッコよくてさ。

「裕ちゃんライス」って撮影所じゃ流行ったらしいぜ。
でしょ！ソースですよ。
裕次郎(ボス)がなんて言おうが、
オレはしょうゆだ。
ボクもしょうゆだな。
私も。
！
だよねぇ!!
オレはソースだ。

というわけで、その日はイーブンで終わったんだが、数日後……
めしや
あじフライ。
気が合うね。
ハイお待ち。
ソース
しょうゆ

フライにはソースでしょ。
魚はしょうゆだろ。
コロモにからまる濃厚なソースの味…
揚げたてにしょうゆをたらしたときの香ばしさ……
じゅっ
あぢっ。
そこへまたおせっかいなヤツがさ…
ボク、ソースだけど。

ソースに決まってるわよね。
あらぁ、しょうゆよ。
ソース。
絶対しょうゆ。
今日もまたイーブンかと思われたときだった――
しょうゆじゃろ。
しょうゆでしょ。
ソースソース！
ソースだろ。
ガラッ
私もあじフライ！
判定(ジャッジ)は彼女に託されたってワケさ。

ジャー
ハイ、お待ち。
9
ケチャップとマヨネーズちょうだい！

べちょ
サクッ
キュー
……
……
二人とも彼女の両サイドで無言で食ってたよ。
あの二人、あれからパッタリ顔を見せないんだ。
うちの所轄で逮捕されたわよ。
エッ!?
BAR

二人とも空き巣の常習犯だったみたい。手口がそっくりだから同一犯かと思ってたらあの二人だったの。
彼女が刑事だったなんて今日の今日まで知らなかったよ。
取調室1
あ。
11
知ってるのか？
いえ…
そんなに手口…似てましたか……

あの二人、年も血液型もいっしょ。同じような間取りの似たようなアパートに住んでたんだって。
でもね、一か所だけ違ってたの。
どこが？
トイレ！
……………
…………
しかしどうでもいいけど……
マグロのブツにケチャップとマヨネーズはないだろ、刑事さん！

12

第5夜◎牛すじ大根玉子入り

ワン。
牛すじと大根、煮てるでしょ…
鼻が利くね。
ふふふ…
あち
あち

牛すじで
ビール一本……
キュー
大根で冷(ひ)や二杯……
ゆで玉子の
黄身を半分
出汁(だし)でといて……
じびっ
3
二皿目で
丼めし三杯ってのが
まゆみちゃんの
いつもの食べ方だ。

うく…
すごいね、彼女。
まゆみちゃんが来ると、一回余分に飯を炊かなきゃいけなくなるんだ。
いいなぁ彼女……
そうっすね……
あんなのタイプかい？
エへへ…
まゆみちゃんもまあ、デブ専に惚れていりゃあ問題なかったんだけどね……
ある日のこと――

おかわり………
まゆみちゃん、三皿目だぜ。さすがに食べ過ぎじゃないか？
明日からダイエットするの！お願いだから今日は好きにさせて!!
へぇええ………
今日、病院で言われたの。
関野さん、もう少しやせられた方がいいですね。
そりゃ誰が見たってそう言うだろうけどね。

5

その先生、すっごいイケメンなの。
……
……
それでまゆみちゃん、ガゼン思いつめちゃったみたいなんだ。
はあ
はあ
はあ
はあ
牛丼
完全復活
牛丼
完全復活
タ
タ
タ

バシャ
バシャ
う〜
天然にがり
黒酢
こんにゃく
寒天
……
むぎゅ

めしや
近頃、例の太った彼女見ないね。
ダイエット中なんだ。イケメンの医者に惚れちゃってね。
なんだ、残念だな。
あのままでいいのに…
牛すじ大根玉子入りちょうだい。
！

8

ダイエットしてたんじゃなかったのかい？
してたわよ。
しかし、前より…
リバウンドよ！
ペ
キ
ダイエットしてるとストレスがたまるの!!
ふふふ…
これよ〜〜っ…
9
いいなぁ………
最高！

おかわり。
パチパチパチ
よせよ、三皿目だぜ。
お願い！明日からもう一度ダイエットするから、今日だけは好きにさせて。
――都合4回ダイエットに挑戦したけど……。
まゆみちゃん、その度に大きくなるんで医者はあきれ果ててるらしいんだ。
牛すじ大根玉子入り！
明日からダイエットするからお願い！
だからオレも、もう何も言わないことにしたんだ。

10

第6夜◎納豆

しかし、スーパーの店頭から納豆が姿を消したときは驚いたね。テレビでダイエット効果があるってやったせいらしいけど、まぁ、今じゃ普通に買えるようになってよかったよ。
まゆみちゃんは未だに文句言ってるけどね。
あたし毎日4パック食べてたのよ。どうしてくれるのよ、も〜〜〜っ!!
…まぁ、何でも食べ過ぎちゃあよくないと思うよ。

納豆定食。あたし、納豆のタレいらないから。
……
……
はい、お待ち。

ごちそうさま。
めし
お釣りはとっといて。
あ、あの…

どうして納豆のタレ使わないんですか。
!?
甘いから好きじゃないの……あなたは?
自分はタレ、好きです。
そう…今度はおしょうゆで食べてみて。じゃあね。
ハイ。
一目惚れかい?
…ハイ。
いい女だろ!? とても元男には見えないよ、ジュンちゃんは。

4

えっ⁉
ああ…
でもいい女だったなぁ。
ものは考えようさ。凄いブスと美人のニューハーフ、どっちとるかって…
うーん。
5
ジュンちゃんはたしか、二丁目の「紫の上」にいるはずだよ。
「紫の上」⁉
三週間後――
めし
吉田くん、近頃どうしてる？

マスターが余計なこと教えるから、ジュンちゃんの店に入り浸ってるよ。
吉田もまぁイケメンだし、目下二人は熱愛中ってとこだね。
ふーん。
ガラッ
よっ、鈴木。
マスター、納豆定食二つ。あたしたちタレいらないから。
！
6
ニィ〜ッ

ねぇ、今夜泊まってくでしょ!?
ゴメン、明日朝イチで会議なんだ。
会議があったっていいじゃない！泊まってってよ、ねえ。
まいったなあ…
ねぇねぇ…
…わかった泊まるよ。
わー、うれしい。
ぶちゅ

7

そして、春
SNACK 凡
ど、どうしたんだい!?
カラダがもたないよ、ハハハ……
毎晩だもん。…マスター納豆定食。あっ、それからタレつけて。オレやっぱタレの方が好きだわ。
ここだと思った!!
!
……というわけで、
オレは納豆でヤセたヤツを一人知ってるんだ。

第7夜◎焼き海苔
焼き海苔って不思議だね。海苔だけ食べてもうまいにはうまいんだけど、ごはんと一緒に食べるとなんであんなにうまいんだろうね。

これ宮本ちゃん。
♪
海苔だけで丼めし三杯食おうかって男さ。
オレは洒落で海苔の宮様って呼んでるよ。
宮本ちゃんの相棒の鶴田さん。こっちは洒落になんないから、絶対「ツルちゃん」なんて呼べないけどね。
マスター、海苔大盛り追加ね！
まだ食うのかよ。
こっちも海苔おくれ。
おやっ、おたくもお好き？

おまえさんがあんまり美味そうに食うもんでね……
てへっ！
うまいッスよ。でもね、それだけじゃないの。海苔は髪にいいの、髪に！
見てくださいよコイツ！海苔食べないからこのザマですよ。同い歳には見えないっしょ!?
うるさいなぁ。
そうだ！これ見てください。
うちの娘なんですけどね。
それからいつも——
髪のキレイな娘さんだね。
でしょう!?
宮本ちゃんの娘自慢が始まるんだ。

娘にもね、毎日海苔食べさせてるんですよ。
…しかし近頃のガキ共は、猫も杓子もみな茶髪だ。
女子高生だか風俗のオネーチャンだかわからんのばっかりですよ。
！
なに、あのオヤジ………
超ムカつく。
海苔、これで終わりだよ。
誰がなんと言おうと、
日本人は黒髪ですよ！

近頃来ないけど、宮本ちゃん元気かい？
そーでもないんだよ、娘さんがグレちゃって…
あの黒髪の？
いま真黄々(まっきっき)!!
眉毛もないらしいよ。
家にも寄りつかないって。……見てらんないよ、宮本ちゃん。
……

それから二か月くらいたった頃だった。
ガラッ
!?
宮本ちゃん…
はぁ…
大丈夫かい？

娘がさ……男と暮らしてんだ。
…妊娠してる。まだ17だぜ。
………
あの娘が…
たらこだぁ。
ハイ、チーズ。

8

9

春になって——
海苔、特盛一丁!
宮本ちゃん、一段と髪の毛薄くなったけどフッ切れた感じなんだ。
理由はこれさ。
見てくださいよ、これ孫なんスけどね。
生まれたときから髪の毛フサフサ!!
娘には子供の時分から海苔食べさせてたからね。
宮本ちゃんの孫自慢、しばらく続きそうだよ。

10

午前1時

第8夜◎たらこ

♪
久しぶりに新宿にマリリンが帰って来る。マリリンってのは、年はくってるけどオッパイが大きくて人気のあるストリッパーさ。
BAR みかん
亜季
スナック baka
BAR 殉
たらこと焼酎ロックで。
たらこは焼くのかい？

うん、ミディアムレアね！
それでオレはマリリンが今、ミディアムレアな男とつきあってるなと思う。
マリリンはとっても惚れっぽくてさ、
惚れるとなんでも惚れた男の真似をしたがる、
かわいい女なのさ。
カァ！
今日は特大たらこのミディアムレアだ！

たらこはミディアムレアに限るわね。
その言葉にみんな妙に納得しちまう。
以来――
SNACK
エアポート
BAR
城
アイ
カチューシャ
たらこ、ミディアムレアで。
あっ、こっちも。
店(うち)じゃあたらこは《ミディアムレア》ってことになる。
ところがだ――
ガラッ
たらこ。「生」でちょーだい！

たらこはミディアムレアに限るんじゃなかったのかい？
フン！知らない、あんな男。
……
……
また別れたのか。……しかし、たらこは相変わらず好きなんだなぁ。
…そうね。
思い出すのよ、初めて好きになった男のことを…
!?
似てたの…
唇が。たらこに…

ねぇ…
ん!!
ゴクン
5

唇が荒れててガサガサしてた…
それから?
それっきり。高校は別々だし、あたしすぐ中退して、こっちへ出て来ちゃったし。
たらこにそんな思い入れがあったとはね。
マリリンも案外純情なところがあるんだねぇ…
巨乳御礼
マリリン松嶋

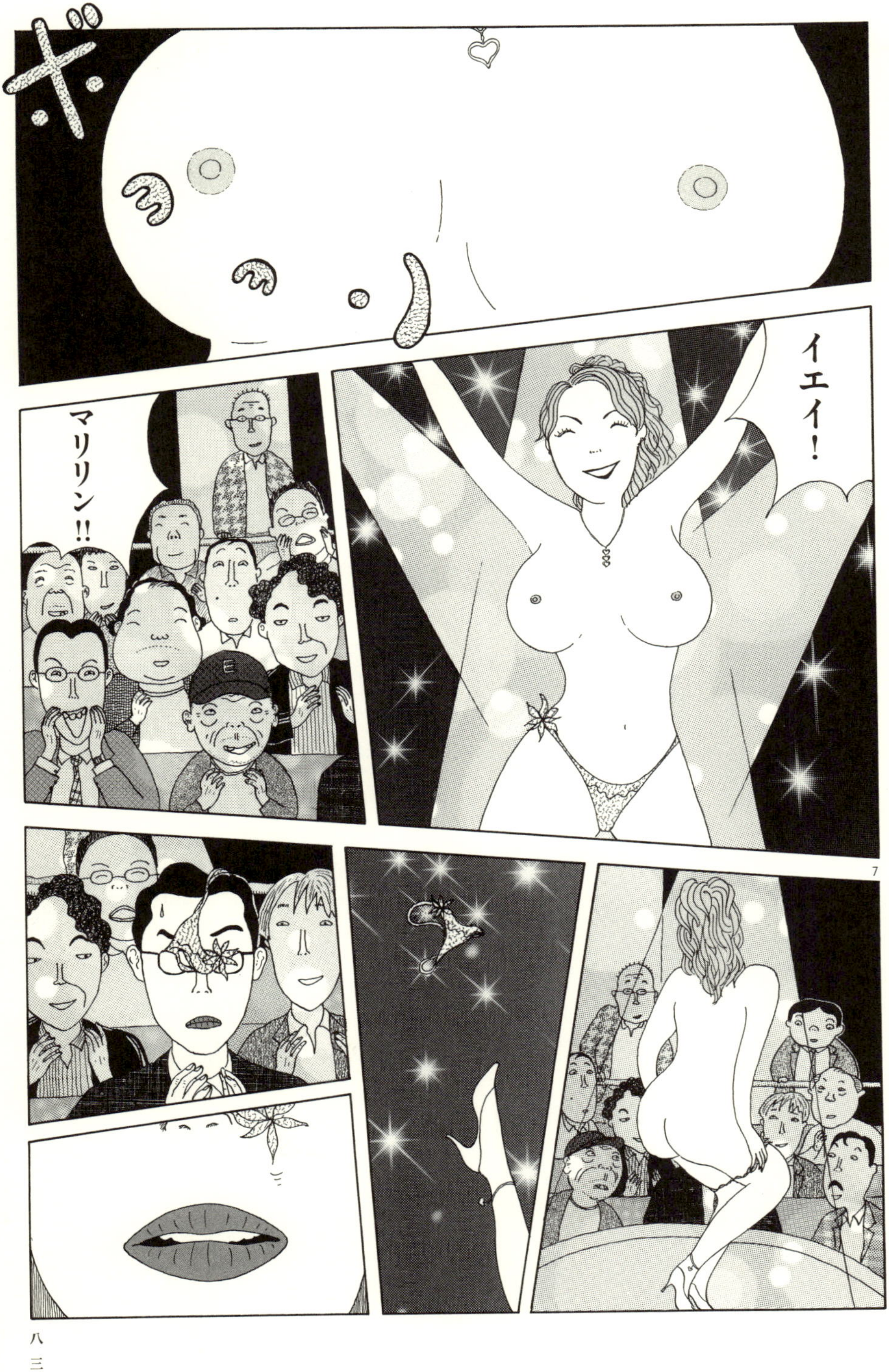

7

マリちゃん…
マリリンが引退したのは、それからすぐのことだった。
めし
めしや
マリリン、田舎に帰って結婚したらしいよ。
この人は、ストリップを見続けて54年の忠さんだ。
エーッ!?
誰と？

ストリップの客らしい。
そういえば背の高い唇の厚い男と、宝石店から出て来るの見たな。
唇、たらこみたいだった？
そうそう…
そりゃ、もしかしたらマリリンの初恋の男だな。
…男出入りは激しかったけど、結局は初恋の男と結ばれたのか、マリリンは……
ちょっといい話だな。
惚れっぽいけどいい子だったから……
うーん……
幸せになって欲しいよ。
でも、あのオッパイが見られなくなったのは寂しいなぁ。
うーん…

ガラッ
焼酎ロック！つまみはたらこ以外ならなんでもいいわ！
！
マリリンちゃん、結婚したんじゃ……？
フン！あんなマザコン男、
たらこ見ても腹が立つワ。

……
アイツ、何かと言うと「お母さんが、お母さんが」って……その義母さんがヤな女でさぁ、…そっくりなの。
弟も妹もその連れ合いも、甥っ子、姪っ子、みーんなたらこ唇。あれはたらこの祟(たた)りよ、きっと！
アタシ、もう一生たらこ食べないから!!
別に「たらこ」に罪はないと思うけどな。
そうそう、マリリンは惚れっぽいんだけど、
それ以上に飽きっぽいってこと忘れてたよ。

祝 復活！おめでとうございます。
マリリン松嶋さん江
ファン一同より
復活
マリリン松嶋
カムバック公演
マリリン!!
はい、キムチ大盛り。
ねぇマスター、「真露（ジンロ）」置かないの？
好きなのかい？
アタシ、最近ハマってんのよ。
……どうやら今度の男は韓流らしいや。

12

第9夜◎カツ丼
オレはあんまり出来のいい方じゃないから、こむずかしいヤツは好きじゃない。
だからぁ、モチベーションを高めてイノベーションを起こさないとさぁ…
単純でわかりやすいのが一番だ。
カツ丼！
その点、カッちゃんは最高のヤツさ。

今日はどうだった？
8ラウンド32秒！
おめでとう！一杯おごるよ。
やったゼ!!
この笑顔がなんともいいんだ。
…………
おじちゃん、お顔どうしたの？
マユ！
マユちゃんは母親のアケミさんがスナック(みせ)のあと、託児所の帰りにたまに連れて来る店で一番若い常連さんだ。
すいません。

おじさんはボクシングやってんだ。
ボクシング？
グローブつけて殴り合うんだ。
Ｋ－１みたいなもの？
Ｋ－１知ってんのか。
私が格闘技好きなんで…
カッちゃんは試合に勝った日は、ウチにカツ丼食べに来るんだよな！
カツ丼お待ち!!
試合前には食いたくても食えないからな。

二週間くらいたった深夜、そのカッちゃんの試合が放送される。
ねちっこいボクシングで見事な逆転勝ちさ。
めし
カツ丼!!
カツ丼のおじちゃんのテレビ観てから、カツ丼食べるってきかないの。
いい試合だったもんな。
強いよね、カツ丼のおじちゃん!

4

その話をするとカッちゃん喜んじゃってさ。二人を後楽園ホールに招待するんだ。
カツ丼のおじちゃーん!!
めしや
カツ丼三つ!
なっ、わかりやすいだろ!?

駅前店
宝くじ
連番とバラ十枚ずつ。
スクラッチ
1等2億円
発売中
本日発売
宝くじ
へえ…
宝くじ
しかしまぁカッちゃんが勝ってるうちはよかったんだが…

6

そのうち負けがこんで、店(うち)にもさっぱり顔を見せなくなる。
どうなんだい？最近カッちゃんと。
うーん…
久しぶりにカッちゃんが来たのは━
今売り出し中の亀倉との試合が発表された日だった。
カツ丼！
カッちゃん！
BAR
SNAC

人はさあ、「かませ犬」って言うけど、オレはそう思っちゃいない。途中まで負けるふりして最後の最後でバシーッと勝つつもりさ。
テレビ局も困るだろーな、ハハ…
それでさ、
勝ったらアケミにプロポーズしようと思ってんだ。
……
……

9

めしや
めし
引退することにしたよ。
…ごくろうさん、カツ丼おごらせてくれよ。
いや…。
親子丼にしてもらえないかな。
10
わかった、「親子」三つだな。
ホントわかりやすいだろ、カッちゃんてヤツは。

第10夜 ◎ ナポリタン
よっ!
断っとくが、店はわざわざ外国人を連れて来るほどの食堂じゃない。ところが何を思ったか、星さんが連れて来ちまう。
いらっしゃい。
おまけに注文したのが——
ナポリタン!

フリオって言うんだ。日本語ペラペラ！
コンニチハ。
星さんは酔っぱらうと誰とでもすぐ友達になり、よく店(うち)へ連れて来るんだ。
マスター、彼、イタリア人のくせに、ナポリタン食ったことないんだってさ！
イタリアのどこだい？
ナポリデス。
なっ！ナポリ生まれでナポリタン知らないんだゼ。それって讃岐で生まれてさぬきうどん知らないのと同じだろ!!

バカね。ナポリタンは日本でできたのよ。
この人は現役最年長のゲイボーイの小寿々さん。
えっ!
戦後、横浜のホテルニューグランドの総料理長が、進駐軍のために作ったのが始まりよ。
へぇー、さすが小寿々さん。
ねぇ、その頃からゲイボーイやってたんでしょ!?
失礼ね!人をいくつだと思ってんのよ!
まぁくわしいことは知らないけど――
昔、スパゲティーと言やぁ、ナポリタンとミートソースよ。喫茶店のメニューの定番でさ。
ミートソース
ナポリタン
ナポリタンの具はハムとタマネギ、洒落た店じゃマッシュルーム。それから必ずピーマンが入ってたもんさ。

ナポリタンお待ち！
コレガナポリタン!?
こーやって粉チーズとタバスコかけて、食べるんだ。
……
…どう？

ウーン……
……と言ったっきり、なんとも言えない表情してたよ。
ところが翌日——
TEN
SNACK
BAR 氷雨
ナポリタンクダサイ。
てっきりこりたと思ったけどな。
美味シクナイケド、癖ニナル味デス。

五月雨や
SINGLE
ナポリタン食う
ナポリっ子
……という迷句を作ったのは、噺家の三逍亭円昼師匠だ。
さすがスパゲッチーの食い方がサマになってらぁ。
よっ ナポリっ子、一杯どうだい。
!?
歌舞伎(しばい)好きの二人はたちまち意気投合し、こんど寄席に招待する話がまとまるんだ。
6

いー出汁
つかってんな。
ズズズ
あ〜
うめぇ。
寄席のあと、
そばやへ行ったん
だけどサ。
めしや
フリオの
方が
そば食うの
うめぇんだ。
オレ、
自信なくし
ちゃったよ。

めしや
めし
コンバンワ。
どうしたんだい？その頭。
円昼師匠ニ弟子入リシマシタ。
三遊亭ナポリタント申シマス。
…いるんだね、こういうバカが。でも嫌いじゃないぜ、こんな奴。
季節も移り、夏も盛りの頃だった。
師匠、久しぶり。
めしや

フリオ、どうしてる？
ナポリに帰ったよ。
!?
どーして？
芸人になるって手紙出したら、お母さんと姉さんってのがすっ飛んで来てさ。
かわいそうに引きずって連れてかれたよ。
師匠〜……
ものスゴイ迫力でさぁ…あれじゃ誰も止められねぇよ。
ふーん……
その後、師匠のところに届いたフリオからの手紙によると——

アイツ、イタリアで近頃よくテレビに出て落語やってるらしいんだ。よく家族が許したもんだね。
うん! い〜ナポリタンだ。コシのないところなんか泣かせるね〜〜
「時そば」のパロディで、
「時ナポリタン」ってネタだっていうんだけど、ホントかね…
ズズズ…
……それでかどーだかわからないけど、この頃妙に多いんだ……
ナポリタン クダサ〜イ!!
イタリア人の客がさ。

10

第11夜 ◎ ポテトサラダ
アチチッ
オレが店に来て最初に作るのは、ポテトサラダとマカロニサラダだ。
こればっかりは出来たてのアツアツより、冷えてた方がうまいからな。
ポテトサラダ。

近頃たまに来るこの人――
!
おかわり。
ポテトサラダ必ず二皿おかわりするんだ。
失礼ですが、エレクト大木さんですよね。
いや…
左小指のリング、首すじのアザ…エレクト大木さんでしょ!

!?
ホントだ。
昨夜見たよ!!
スゲェ。
エレクト大木ってのは、全盛期には年間4百本のアダルトビデオに出演したという、伝説のカリスマAV男優なんだってさ。
大木さん、弟子にしてください!!
3
お願いします！大木さん、お願いします！
よせよ。

オレをバカにしてきたヤツらを、見返してやりたいんです！
お願いします！
若者の一途さにエレクト大木も結局押し切られたカタチだった。
二か月後
めしや
めし
こいつに何か精のつくもの作ってやってよ。
おかげさまで明日デビューします。
おめでとう、ガンバレよ。

特製スタミナ定食だ！
こっちは大木さん。
!?
一皿はこちらから。
きのう見たんスよ。「エレクト大木の潮吹き三昧」。メチャメチャ興奮しました！
いや…どうも。
そのお礼です。エレクトさん、ポテサラお好きだそうで！
5

ここのポテトサラダ、懐かしい味がするんですよ。
ネエちゃん？かけてくんなっち言いよろうが。
エッ、脳梗塞!?
そんで？うん、大したことないっちゃろう…帰れんたい、仕事忙しいけん。…うん、ほんじゃ。
どうしたんだ？
いや、なんでもないっス。
なんでもないことないだろ。

おふくろが倒れたって。でも大丈夫みたいッス。軽い脳梗塞だって…
帰ってやれ。
いいッス、明日撮影だし。
バカヤロー、たかがＡＶの撮影とおふくろと、どっちが大事なんだ!!
おまえならまだ大丈夫だ、今のうちに帰ってやれ。
二十年前――
帰っとくれ。

ピシャッ
弥生の結婚式には出なくていいから。
…どうしておまえだけこんなことに…
8
お兄ちゃんごめんね。
うちはおふくろも死んだ親父も兄妹もみんな教師なんだ。
妹の結婚相手もその両親も教師でさ…そんな席に出ちゃまずいよな。
…あれから帰ってない。
帰るなら今のうちだ。
朝イチで帰れ!
師匠の命令だ!

二週間後
BAR
れん
スナック
マ
EXTRA
あかるい花園
SNACK
凸凹
lonely
ええ、おかげさまで…おふくろすっごく喜んでました。
よかったな。で、今日大木さんは？
それが一昨日、オレと行き違いで田舎に帰ったって。
ガ
ラ
いらっしゃ……
ボケちゃってさ、……おふくろ…

「どちらから?」
「……東京です」
「あらそう、うちの息子も東京にいるのよ。あたしの作るポテトサラダが大好きなの」
それからおふくろ、妹に手伝ってもらってポテトサラダ作ってくれたんだけどさ……
「どう、おいしい?あの子、大好きで何杯もおかわりしたのよ」
「とてもやさしい親思いのいい子なの」
10
……それがしょっぱくてしょっぱくて……
年のせいかな。近頃涙もろくっていけねえや。

第12夜 ◎ キューリのぬか漬け

どうしたんだい？
ちょっとね。
……
なんでも、路上ライブやってた彼がからかった男達に殴りかかり、逆にボコボコにされてるところに、
彼女が止めに入り、今度は相手をボコボコにして彼を助けてやったらしい。
キューリのぬか漬け、そのまんま！
！
パリ
ポリ

ぷはぁ
ジロジロ見んじゃねーよ！
おねえさん、なんであんなに強いんですか。
知らないのかい、この人はリョーマ藤崎って女子プロレスのチャンピオンだぜ。
そうなんだ…
ジロジロ見んなって言ってんだろ!?
それがキッカケで、二人は一緒に暮らし始める。といっても、彼がリョーマのところへころがりこんだってのがホントのところだけどね。

ぬか漬け……あっ、マスター、切ってくれる？
えっ!? …いいけど。
やだぁ〜ハハハ。
………………
ごちそうさま。
めし
リョーマ藤崎、この頃女っぽくなったなぁ。
うん、まつ毛も立ってるし。
恋をすると女は変わるのさ。
鬼も十八番茶も出花（でばな）か…
彼女、たしか32だぜ。彼氏は21とか言ってたけど…

マスター、今日ビール三本以上飲んでいい？
何かあったのかい？
将平、デビューが決まったの！
…そうかい、好きなだけ飲みな。
ありがとう。
よかったね！
リョーマ、とってもうれしそうだったなぁ。
しかしそれから半年、何の音沙汰もなくて…

ちわース。
どうしたんだい!?
こいつバカだよ、オレがデビューしたら別れるって言うんだ。人気の邪魔になるから身をひくって。
6
オレ、絶対別れないって言ったよ、でね……
コレッ!
さっき買ったんだ。安物だけどさ。

ぬか漬けに ビール……… いや日本酒。 固めの盃だ。
何もないけど コレ…ぬか床。 これからは 旦那のために 漬けてやんな。
ありがとう…
将平のデビューと同時に リョーマは引退する。 その一年後―
スポーツ 2007年 平成19年 6月12日 火曜日
SHOHEI 大感激
リョーマ 女児出産
へえ、女の子か。
ガラッ
どうしたんだ!?

浮気がバレちゃってさ。
よくそれだけですんだなっ。
…でもさ、殴ってるときのアイツ、キレイだったなぁ……
8
夫婦ゲンカで再び闘争本能を呼びおこされたリョーマは、リングに戻って来る。
技に一段と凄みが増したって評判だ。
オッパイやりながら、リングに立ってるらしいよ。
パリッ
これが一番うめぇや。
リョーマはやっぱり、この方が似合ってるよ。

第13夜◎スイカ

店に来る客で、自分ちの冷蔵庫にスイカが冷えてるなんてヤツは、まずいない。だからこの時期、こんなもんでも貼っとくとね…
スイカ
スイカ。
すいか。
西瓜。
スイカ。

やっぱ夏はスイカだな。これで蚊取り線香の煙でもありゃ、言うことないね。
なんならつけてやろうか。
スイ
うーん、日本の夏だ！

ちわース！
おっ、カブト虫かい。
信号のところにいたんです。どっから逃げて来たんだろ…
いよいよ夏っぽくなってきたな。
いいなぁ……
夏休みみたいっスよねぇ。
と、そのときだった。

夏が過ぎ
風あざみ
誰のあこがれに
さまよう…
八月は
夢花火…
私の心は
夏模様…
いいなぁ、
「少年時代」。
そうね、
思い出すわ
あの頃…
この曲も
いいけど、
私、やっぱり夏は
百恵ちゃんの
「ひと夏の経験」ね！
そうか。
ジュンて
昔少年
だったんだ
よね。
イヤ！
もうバカ。

あなたに女の子の一番、
大切なものをあげるわ〜
いらねぇよ、そんなもん！
うるさい！あたしだって17のときは、オリーブってアダ名がつくくらいヤセてたんだから!!
オリーブって、ポパイの彼女？
そーよ。
うそだろーっ!!
あっ！
まゆみさんがヘンなこと言うから…
停電か…
街中の灯りが消えてますよ。

ローソクあるから、ちょっと待ってくれ。
暑いから戸も窓も開けとこ…うちわも出すから。
ちりん
なんだかドキドキするわ。
ホント、肝だめしの前みたい。
そうだ！師匠、せっかくだから怪談噺一席頼むよ。

6

聞きたーぃ!
師匠、オレからも頼むよ。今夜は酒ただにすっからさ。
よし、のった!
でもオレ怪談噺上手くねぇから、人に聞いた怖い話をひとつやろうか。
いよ〜、待ってました!
パチ
パチ
パチ
……
これはアタシの友人が実際体験したことらしいんだけどね…
ボ
ン

今から40年近く前、
季節は夏。
時刻もちょうど
今頃だ……
焼酎
暑いなぁ…
おい、スイカ食いたくないか？
食いてぇけど、金ねぇぞ。
盗みに行こうぜ、スイカ！
え!?
酔った勢いもあり、線路づたいに一キロほど先にあるスイカ畑に盗みに行った。
二人は、スイカをひとつずつ持って、もと来た道を引き返して来る。

8

行くときは気づかなかった墓地の横を、通りかかったときだった……
その時間に走るはずのない電車が突如……
気がつくとアタシの友人は、線路の脇に倒れていた……
須田
須田…
何度も友人の名を呼んだが、返事がない……
9
もしかしたら自分が気を失っている間に、先に帰ったのかもしれない……
アタシの友人は不思議に割れてなかったスイカを抱えて一人、アパートに帰った……
でね……そのスイカを洗おうとして、ふっと見るとね…
血まみれの友達の頭が……
ギャ

バタン
しかし、あれほど――
ごめんなさい。
10
あわあわ
竜ちゃんが怖がりだとは、知らなかったね。
あれ以来――
どう？スイカ。
竜ちゃん、スイカ食えなくなっちまったんだ……かわいそうに。

第14夜◎ラーメン

オレの個人的な意見だけど、「幸子」って名前の女にはなんとなく〝不幸〟が似合ってる気がする。もっともそれは昔、流行った歌のせいかもしれないけどな。
そんな幸子が店にも来るよ。
いつも悪いな。
いいの。

幸子、こんど一緒に温泉行こうな。
…うん。
じゃあ、先輩待たせてるから行くわ。
瞬！
♪
BAR
ガラッ
みそラーメン。

よおっ、景気はどうだい？
悪かないけど気が滅入るよ。一日中、不幸な女ばっか相手にしてんだから。
ユキちゃんは花園のマドンナと呼ばれてる、評判の占い師だ。
ラーメンできるの？
ああ、サッポロ一番とチキンラーメン、あとチャルメラだけだけどな。
あたしチャルメラ！
サッポロ一番
みそラーメン
チャルメラ
ハイお待ち！

あたし冷やごはんとチャルメラって好きなんだよね。
なんだ、冷や飯ならあるよ。
ホント!?ちょうだい。
ハイ、ごはんの冷えたの。
土曜のお昼小学校から帰って、作って一人で食べてたから。
……
めしや
めし
ごちそうさま。
かわいそうに、あの娘…
えっ!?

全身から不幸のオーラが立ち上がってるわ。
真夜中のラーメンが似合う女って薄幸なのよ。
……それについちゃあユキちゃんだって、
ヒケはとってない気がするけどな。
幸子ちゃん、あれからよくキャバクラの帰り、店に寄ってくようになる。
自分ちで作れるだろうに。
人に作ってもらうのもいいもんよ。

5

え？ ホント!?
…うん、わかった。
ハハハ、そうする。
彼、泊まってくって！ それでね、サッポロ一番みそラーメン買って来て作ってくれって。うふ。
みそラーメン。
お先に。
あの娘、ますます不幸になってくみたい…
!?

6

一か月後――
クルー
SNACK アイ
しブ
BAR ♭ ふらっと
BAR 琴
スナック THE END
子供…産んだ方がいいでしょうか…
!
彼、いなくなったんです。借金もあるみたいだし…
………

彼…戻って来るでしょうか。
…たぶん来ない。
あたしとそっくりだ、アンタ…
彼、名前なんて言うの？
ツクモシュン。シュンは一瞬の「瞬」…
ツクモは九十九？

そう…
出身は?
たしか徳島って…
年は?
22… 誕生日は8月12日…
!?
…もしかして左足に……
やけどのあと。
——それから二人とも店には来てないね。
噂じゃ、いなくなった彼ってのが、ユキちゃんが18のとき男に捨てられて里子に出した子供だったらしい。奇しくも二人は嫁姑ってわけさ。
9

ごぶさたしてます。
よう、元気そうじゃん。
一緒に暮らしてんだって？
しっかり嫁姑してるわよ。
二人ともとってても幸せそうだったなぁ…。
たまにはいいね、他人に作ってもらうのも。
これはとっておきのネタなんだがね。ユキちゃんの本名も「幸子」だったんだってさ。
幸子という字は幸せな子と書くのねぇ……か。
あっ、よしよし…

10

深夜食堂

1

【赤いウインナー】
2006年ビッグコミックオリジナル11月増刊号
【きのうのカレー】
2006年ビッグコミックオリジナル11月増刊号
【猫まんま】
2006年ビッグコミックオリジナル11月増刊号
【しょうゆとソース】
2007年ビッグコミックオリジナル1号
【牛すじ大根玉子入り】
2007年ビッグコミックオリジナル1月増刊号
【納豆】
2007年ビッグコミックオリジナル6号
【焼き海苔】
2007年ビッグコミックオリジナル5月増刊号
【たらこ】
2007年ビッグコミックオリジナル5月増刊号
【カツ丼】
2007年ビッグコミックオリジナル5月増刊号
【ナポリタン】
2007年ビッグコミックオリジナル7月増刊号
【ポテトサラダ】
2007年ビッグコミックオリジナル7月増刊号
【キューリのぬか漬け】
2007年ビッグコミックオリジナル7月増刊号
【スイカ】
2007年ビッグコミックオリジナル9月増刊号
【ラーメン】
2007年ビッグコミックオリジナル9月増刊号

2007年12月31日　初版第1刷発行
2011年10月8日　第21刷発行

著者 ◎ 安倍夜郎
©Yaro Abe 2007

発行者 ◎ 鈴木総一郎
発行所 ◎ 株式会社小学館
〒101-8001
東京都千代田区一ツ橋2-3-1
☎ 編集 東京03(3230)5501
販売 東京03(5281)3556
印刷所 ◎ 凸版印刷株式会社
装丁 ◎ 黒木香＋ベイブリッジ・スタジオ
仕込み ◎ 廣岡伸隆(小学館)
試食 ◎ 吉野彰浩(小学館)
盛りつけ ◎ 廣岡伸隆・銀杏社

ISBN978-4-09-181707-5
©SHOGAKUKAN 2007 Printed in Japan（検印廃止）

箸休め◎カツカレー
二〇〇八年初夏――
オレは昼間、ビールが飲みたくなるとカレー屋に入る。
精肉店
西川生花店
三山文具店
◎寿司
ライスカレー
カツカレーごはん少なめ、あとビール。
いらっしゃい。
ここの頑固おやじの顔を見ながらカツカレーつまみにビールを飲むのが好きなんだ。

まず箸でやる。
カツにカレーのルーをたっぷりつけて――
サクッ
これがビールに合うんだ！
お客さん達、カレー食いながら漫画読むのはやめてくんな!!
そういやぁ多いな…
――しかしおやじ、気持ちはわかるけど今日は無理だと思うよ。